AF205062

Bernhard Fakin

Wahre Geschichten eines außergewöhnlichen Katers

Copyright: © 2019 Bernhard Fakin
Lektorat: Erik Kinting – www.buchlektorat.net
Umschlag & Satz: Erik Kinting

Verlag und Druck:
tredition GmbH
Halenreie 40-44
22359 Hamburg

978-3-7439-3193-0 (Paperback)
978-3-7439-3194-7 (Hardcover)
978-3-7439-3195-4 (e-Book)

Bibliografische Information der Deutschen Nationalbibliothek:
Die Deutsche Nationalbibliothek verzeichnet diese Publikation in der Deutschen Nationalbibliografie; detaillierte bibliografische Daten sind im Internet über http://dnb.d-nb.de abrufbar.

Die wahre Geschichte eines Katers, der als Katzenbaby im Hinterland von Cannes in Südfrankreich gefunden wurde und zu seinem späteren Herrchen eine spezielle Beziehung aufbaute. Er erzählt sein Leben in Form von kurzen aber lustigen und eindrucksvollen Episoden.

Inhalt

Ich sitze am Pool, beobachte die Bewegungen des Wassers und lausche dem Zwitschern der Vögel, als mich plötzlich Schwermut überkommt: Wie lange kann ich dieses fantastische Katzenleben noch genießen? Ihr müsst wissen, dass ich schon stolze 26 Jahre auf dem Buckel habe. Ab und zu fühle ich mich, als wäre meine letzte Stunde gekommen ... aber dann kommt Herrchen mit meiner kurzfristigen Rettung: Kortison! Das lindert meine Entzündungen im Rachen und in den Gelenken. Ich blicke auf ein abenteuerliches, lustiges und vor allem spannendes Katzenleben zurück – zumindest für mich. Hier ist meine Geschichte ...

In Südfrankreich, genauer gesagt im Hinterland von Cannes, streifte ich, noch grün hinter den Ohren und mir der Gefahren nicht bewusst, durch den Wald, in dem ich geboren wurde. Meine Mutter ist nach kurzer liebevoller Umsorgen gestorben, also blieb mir nichts anders übrig, als mein junges Katzenleben selber in den Griff zu bekommen.

Ich wollte die ersten Frühlingssonnenstrahlen genießen und begab mich daher zum Waldrand. Plötzlich hörte ich ein lautes Motorengeräusch! Starr vor Angst kauerte ich mich auf den Boden.

»Kleiner, was machst du denn mitten auf der Kreuzung?«

Ein junger Mann hob mich auf und setzte mich am Waldrand ab.

»Sieh zu, dass du in den Wald kommst, bevor dich ein Auto überrollt und dein Leben zu Ende ist, bevor es richtig begonnen hat!«

Er hatte warme weiche Hände und eine sehr wohltuende Stimme. Mein erster Menschenkontakt war ganz nett. Schade, dass er weiterfuhr. Also hoffe ich auf eine weitere Begegnung, setzte mich wieder in die Mitte der Kreuzung und wartete, was passieren würde.

Es dauerte einige Zeit, bis ich wieder Motorengeräusche hörte. Was für ein Glück:

Es war derselbe Mann, der mich schon einmal auf den Arm genommen hatte. Er stieg aus und sah mich an, dann sagte er jemand im Auto: »Wir können den Kleinen doch nicht auf der Kreuzung sitzen lassen. Bevor noch was passiert, nehmen wir ihn lieber mit zu dir.«

Dann ging alles schnell. Ich wurde ins Auto gebracht, wo ich liebevoll gekrault wurde. So begann mein neues Leben.

Die Autofahrt war ganz was Besonderes, denn einerseits hatte ich furchtbare Angst und jaulte, andererseits war das Autofahren auch faszinierend. Dazu gibt es noch ein paar Abenteuer, die ich später erzähle.

Wir fuhren durch ein großes schwarzes Tor und ... Ach du Schreck! Was lief uns denn da bellend entgegen? Ein großer Schäferhund! Na, was soll ich sagen, der hat mich doch tatsächlich beschnuppert! Ach, was für ein Gestank! Ich lernte eine neue Seite meines Charakters kennen, indem ich dem Hund mit meinen kleinen Pfoten eins mitten ins Gesicht verpasste.

Wow! Das hatte gesessen. Daraufhin lachten die beiden Menschen, vermutlich über meinen Mut.

Irgendetwas steckte da in mir, für das es zu diesem Zeitpunkt keine Erklärung gab, aber immer wenn ich den Hund – oder den Papagei, der in Zukunft auch mit mir unter einem Dach leben sollte – sah, kamen mordlustige Gedanken in mir hoch. Irgendwie wollte ich mich mit der Anwesenheit der beiden nicht abfinden.

Mein neues Zuhause war eine tolle große Villa mit viel Land, wo es für mich noch viel Neues zu entdecken gab. Ich freundete mich schnell mit den Menschen an, die jetzt für mich verantwortlich waren, insbesondere das kleine Mädchen mit den schwarzen Haaren hatte ich in mein Herz geschlossen. Das Problem war, dass der Hund namens *Tarass* dasselbe für das Mädchen empfand. Die Streitigkeiten um die Zuneigung ließen dann auch nicht lange auf sich warten.

Einige Tage später verabschiedete sich der junge Mann mit der schönen Stimme von mir, was für einige Zeit große Trauer in mir hervorgerufen hat. Ich blieb bei dem anderen Mann zurück.

Mein neues Herrchen nannte mich *Gino* und ließ nichts unversucht, mich zu Gehorsam und Sauberkeit zu erziehen, was ihm aber nicht mal ansatzweise gelang, denn ich zog es vor, mein wildes Leben in freier Natur zu genießen. Nur zum Fressen und Schmusen kam ich nach Hause.

Das Wiedersehen

Wieder mal kam ich nach zwei Tagen Waldgang zurück in mein Zuhause. Als ich mich näherte, hörte ich einige Menschen reden, wobei eine Stimme mir ganz besonders auffiel: Es war mein Retter, mein Held – er war wieder da!

Meine Pfoten wurden immer schneller, noch einmal um die Ecke ... und da sah ich in sitzen. Meine Freunde war so groß, dass ich Tarass gar nicht bemerkte. Der wollte meine Unaufmerksamkeit natürlich sofort ausnutzen, um mir eine überzubraten. Ich schmuste gerade um die Beine meines Lebensretters herum, als Tarass im vollen Galopp auf mich zu gerannt kam. Als ich es bemerkte, konnte ich gerade noch zur Hausecke ausweichen, was für Tarass ganz schlecht war. Ohne lange zu überlegen setzte ich zum Sprung an und landete auf dem Kopf des Hundes. Ich habe mich sogleich ans Austeilen von Ohrfeigen gemacht, natürlich mit ausgefahrenen Krallen. Die verursachten ziemlich große blutige Wunden am Kopf des Hundes, der den zwei Kampf darauf hin jaulend beendete. Er suchte Schutz im Wohnzimmer, das leider mit sehr exklusiven Seidenpolstergruppen ausgestattet war, die nun mit Hundeblut überzogen wurden.

Die Familie rannte herbei. *Ach du armer Hund, was hat dir dieses Biest nur angetan, so ein Tier kann man nicht in einem Haus halten ...* Nachdem alle, außer meinem Retter, auf mich losgingen, habe ich erst mal Schutz auf dem nächsten Baum gesucht. Vom Kampf gegen den Hund noch ganz aufgewühlt, fauchte ich diese schreienden Idioten an.

Zu diesem Zeitpunkt wusste ich noch nicht, dass dieser Vorfall mein ganzes Leben abermals auf den Kopf stellen sollte, wobei mein Held eine entscheidende Rolle spielen sollte.

Mein Retter und ich sind uns in den nächsten Tagen mehrmals am Pool begegnet, was für mich immer ein sehr gutes Gefühl war. Ja … bei so einen Typen sollte man leben, das wäre das Gelbe von Ei! Mein Wunsch sollte einige Monate später in Erfüllung gehen.

Doch bis es so weit war, hörte ich die anderen Menschen immer wieder sagen: »Gib das Biest ins Tierheim oder egal wohin, nur weg von uns!« Vor allem der Hausherr wollte mich nicht mehr. Der war wegen der blutigen Seidenpolster recht verstimmt.

Meine Reise in ein anderes Land

Mein Lieblingsessen! Es gab mein Lieblingsessen! Einen ganzen Napf mit rohem Fleisch – was für ein Hochgenuss. Hatte ich etwa Geburtstag oder warum wurde ich so verwöhnt? Die letzten Monate waren nämlich eher mager.

Es sollte mein letztes in Südfrankreich eingenommenes Mal sein, denn ehe ich michs versah, war ich auch schon in einen Käfig gepackt. Scheiße hatte ich Muffensausen! Ich dachte schon, jetzt gehts ins Tierheim. Ich wurde samt Käfig in ein Auto gepackt, dann wurde eine Decke drüber geworfen und ab ging es.

Ich kam erst Stunden später wieder zu mir – hatten die mir etwa was ins Futter getan? Als mein Peiniger die Decke wieder vom Käfig nahm, war es bereits stockdunkel, und eisige Kälte zog mir ins Fell. Wo war ich nur?

Ich wurde eine Treppe hochgeschleppt und hörte plötzlich eine vertraute Stimme:

Mein Wunsch war in Erfüllung gegangen! Mein Retter, mein Lebensretter stand vor mir! Meine Freude war riesig. Ich wollte sofort aus dem Käfig, um ihn zu begrüßen, ihn abzuschmusen ... Meine Freude kannte keine Grenzen.

Als der Käfig sich öffnete, rannte ich los, blind vor Freude, in die Arme meines Helden. – Doch irgendetwas war anders ... Da sah ich es: Ein Baum, wie ich noch nie einen gesehen hatte, mit lauter bedrohlich glänzenden Kugeln dran. Ach du Scheiße, ich musste mich verteidigen, bevor dieser Baum mich auffraß oder so, also sprang ich mit voller Wucht mitten rein, in das monströse Ding. Wie sich später herausstellte, handelte es sich um einen Weihnachtsbaum, das ist irgend so ein komischer Menschenbrauch. Immer wenn es kalt wird, stellen die Menschen solche Bäume auf. Mitten im Sprung sah ich jedenfalls zu meinem Schreck eine Frau, die die Kugeln in den Baum hängte, doch es war schon zu spät: Ich riss den Baum um und ging mitsamt den Kugeln zu Boden, wo die einen gewaltigen Scherbenhaufen erzeugten, und ich mittendrin! Was für ein Geschrei sich da erhob. Mein Held war auf einmal wie ausgewechselt. Es blitze auf meinem Kopf und ich dachte, das war's jetzt. Mein Lebensretter hatte mir eine verpasst, davon hatte ich mich erst nach Stunden erholt.

Die große Wiedersehensfreude war in große Enttäuschung umgeschlagen und auf einmal war er da, der unbeschreibliche Hass auf meinen ehemaligen Helden. Und was noch schlimmer war: In meinem zukünftigen Zuhause lebte diese unsympathische Kugelaufhängerin, eine Frau mit langen braunen Haaren, die dauernd auf mich ein schimpfte: »Du dummer Kater, du!« Diese Kuh würde nie meine Freundin. Und mein gefallener Held würde meine Rache noch zu spüren bekommen, das hatte ich mir geschworen. Nicht mit Gino!

Die Entenfamilie

Die nächsten Tage in meinem neuen Zuhause herrschte Funkstille. Außer meinen Napf mit Futter aufzufüllen, kümmerten sich meine neuen Besitzer nicht um mich. Also machte ich mich auf, die Gegend zu erkunden.

Wir wohnten in einer ländlichen Gegend mit vielen schönen Häusern, auch einige Bauernhöfe waren da, auf denen es natürlich viel zu entdecken gab. Ich streifte gerade durch einen Stall, als sich mir eine schwarze Katze in den Weg stellte. Das ließ sich mit einigen massiven Ohrfeigen regeln und sie suchte schnell das Weite.

Hinter dem Haus entdeckte ich einen kleinen Teich, der meine Jagdlust weckte. Ich musste auch nicht lange auf der Lauer liegen, bis sich eine Entenfamilie zeigte. Vor allem die drei Jungen hatten mein Interesse geweckt. Mein Instinkt sagte mir, dass die Familie irgendwann ans Ufer schwimmen würde, um sich auszuruhen.

Gut versteckt wartete ich auf meine Gelegenheit.

Nach einiger Zeit auf der Lauer war es dann so weit: Die Eltern der Kleinen waren beim Watscheln am Ufer einen Moment unaufmerksam, denn sie konnten ja nicht wissen, das es am Teich einen neuen Räuber gab. Da ich noch keine große Erfahrung im Erlegen junger Enten hatte, konzentrierte ich mich vorerst mal auf eines der Kleinen. Ich musste feststellen, dass eine enorme Mordlust mich erfüllte, mein ganzer Körper war angespannt vor Energie. Ein kurzer Sprung, ein Biss in das weiche Genick und schon war die Beute geschlagen.

Ich merkte schnell, das mein Jagdtrieb sich ausschließlich auf das Töten beschränkte. Fressen ...? Nein danke; da gab es Zuhause was Besseres.

Ich brauchte drei Tage, um die drei jungen Enten zu jagen. Was ich nicht wusste war, dass der Bauer, dem der kleine Teich gehörte, natürlich bemerkte, dass die Jungen tot waren. Mir wurde zum Verhängnis, dass ich die gerissenen Tiere liegen ließ, denn auch der Bauer legte sich nun auf die Lauer und erwischte mich prompt. Er wollte mich mit der Mistgabel aufspießen, doch zum Glück entkam ich dem tödlichen Stoß und rannte, was das Zeug hielt, nach Hause.

Als ich aber zu Hause um die Ecke schaute, war der Bauer aber schon da und unterhielt sich lautstark mit meinen ehemaligen Helden. Ich hörte, wie der Bauer ihn beschuldigte, ein Raubtier als Haustier zu halten, das für den Tod seiner jungen Enten verantwortlich sein sollte. Mein Herrchen, nun doch wieder mein Held, vereinte diese Anschuldigung, doch ein vom Bauern aufgenommenes Foto identifizierte mich als Täter. Der Bauer wollte sogleich die Polizei verständigen, aber mein Superheld beruhigte ihn, mit einem Haufen Geld. Damals wusste ich es noch nicht, aber ich war jetzt in der Schweiz, im Kanton Zürich, und

Superheld bezahlte stattliche hundert Franken pro Ente. Vorerst beruhigt und mit den Versprechen, dass so etwas nicht mehr passieren würde, machte sich der Bauer vom Acker.

Ich begann zu überlegen, wie ich dem Ganzen begegnen sollte, und entschloss mich schließlich dazu, es einfach zu ignorieren. Alles abstreiten, war die Devise.

Das klappte aber nicht. Mein neuer Besitzer hat mich vor Wut ordentlich verprügelt, nur weil ich die Enten gerissen habe. So schlimm war das doch nun auch wieder nicht, fand ich.

Das Schulfest

Lautes Kindergeschrei drang mein Ohr. Was war den da los? Hinter unserem Haus war eine Schule, und an diesen Tag gab es ein Schulfest. Es lohnte sich bestimmt, dort mal vorbei zuschauen!

Ich machte mich auf den Weg. Als ich gerade unten dem Schulzaun durchkroch, bekam ich einen Geruch in die Nase, das könnt ihr euch nicht vorstellen! Noch nie zuvor hat mich so etwas so bedienungslos angezogen, wie dieser Fleischgeruch! Ich sah, wie sich ein großer Mann über einige Kisten beugte und darin rumkramte, ein anderer legte Fleisch aus den Kisten auf den heißen Grill. Daher kam also der fantastische Geruch ... Wie kam ich denn jetzt an diese Leckereien?

Ich versteckte mich erst mal hinter einigen Kisten, um das Ganze zu beobachten. Und schon war sie da, meine Chance: Der Mann hatte vergessen, den Deckel zu schließen! Schon war ich im siebten Katzenhimmel.

Das Fleisch war in großen Plastiksäcken verpackt, sodass es nicht auffiel, dass ich mich darunter befand. Es wurde dunkel, denn nun wurde der Deckel wieder auf die Kiste gelegt, also konnte ich in Ruhe mich über das Fleisch hermachen. Nach einiger Zeit und einigen Hähnchenkeulen und Würstchen später, wurde es wieder hell. Da packte mich der Mann auch schon am Kragen und warf mich in hohem Bogen raus. Schon währen meines Fluges musste ich mich übergeben, denn mein kleiner Magen war viel zu voll mit Fleisch ... Das muss ein merkwürdiger Anblick gewesen sein. Dann kam schon mein Herrchen angerannt und hat mir auch noch eine verpasst, aber das war es wert!

Die Wende

Jaja, die Freundschaft zu meinem Retter hatte sich ganz schön abgekühlt. Ich konnte mich doch nicht ständig verprügeln lassen. Was glaubte der eigentlich, mit wem er es zu tun hatte? Ich würde mich rächen, so viel stand mal fest. Aber wie?

Da kam mir eine Idee: das Schlafzimmer. Die Tür war bei Nacht immer geschlossen. Ich wollte mal schauen, was passiert, wenn ich mich davor setze und laut zu jaulen anfange. Mein Ziel war es, den beiden so lange den Schlaf zu rauben, bis sie mich wieder akzeptierten und alles wieder wie früher war.

Also legte ich los mit der Jaulerei. Es dauerte keine zwei Minuten und schon stand er mit rotem Kopf vor mir, beließ es aber bei einigen bösen Worten. Kaum war die Schlafzimmertür wieder verschlossen, begann ich mein Konzert von Neuem, immer wieder! Noch in diese Nacht sollte mein Jaulkonzert zu einer schmerzhaften, aber positiven Änderung unserer Beziehung führen!

Als ich gerade mit der nächsten Einlage begann, stürmte er wutentbrannt aus dem Zimmer, packte mich am Kragen und schon flog ich die Treppe runder. Ich knallte unten mit voller Wucht gegen die Wand und es drehte sich alles um mich, stechende Schmerzen durchfuhren meinen Körper. Aber mein Kampfgeist ließ mich wieder aufstehen. *Lass dich nicht unterkriegen*, sagte eine Stimme zu mir, und ich ging zum Gegenangriff über! Fauchend und mit offenem Maul stürmte ich die Treppe hinauf und packte ihn am Bein, bohrte meine Zähne tief in sein Fleisch. Er schrie, packte mich erneut und schleuderte mich wieder die Treppe hinunter an die Wand, die bereits rot war von meinem Blut. Ich dachte, meine letzte Stunde hätte geschlagen. *So einfach gibst du den Löffel nicht ab*, sagte die Stimme zu mir, *kämpfe weiter, es wird sich für dich lohnen!* Also endete mein Gegenangriff wieder am Bein meines Retters, in das ich meine Zähne bohrte. Er riss mich hoch und drückte mir die Gurgel zu. Ich hing da und merkte, wie es dunkel um mich wurde. Ich habe in von oben bis unten angepisst, wahrscheinlich aus Todesangst. Auf einmal stand seine Frau da und konnte sich vor Lachen kaum auf den Beinen halten. Das führte dazu, dass auch er anfing zu lachen. »So ein tapferer kleiner Kerl mit Courage ... das gibt doch gar nicht!«, sagte er und ließ mich los.

Ich suchte erst mal das Weite.

Klärung meiner Identität

Meine Aggressivität und auch mein Verhalten insbesondere anderen Tieren gegenüber (wie zum Beispiel Enten) führten dazu, das mein Retter sich entschloss, diverse Untersuchungen an mir durchführen zu lassen. Auch diverse Bekannte und Freunde haben ihm geraten, mal zu schauen, was genau hinter meiner Identität steckt.

Die Tierärztin war ja ganz nett, aber als sie mir das Thermometer in den Arsch steckte, war Schluss lustig – es war wieder Zeit zu beißen! Aber nichts da: Ein kurzer Stich und schon war ich weggetreten, zwar wach, konnte mich aber nicht bewegen. Die Tierärztin werde ich nie zu meinen Freunden zählen!

Als ich wieder einigermaßen zu mir kam, standen alle um mich herum und ich bemerkte Erstaunen in den Gesichtern. Irgendwas musste passiert sein. Als die Tierärztin mich nun mit dicken Lederhandschuhen anfasste, war klar, dass hinter meiner Identität mehr steckte, als bisher angenommen?

Ich konnte das Gespräch zwischen Retter und Tierärztin mithören: »Kopfstellung, Gebiss, der kurze Schwanz ...« – Was hatten die gegen meinen sehr schönen kurzen Schwanz? – » ... weisen eindeutig auf die Kreuzung mit einem Wildtier hin ... vielleicht eine Wildkatze.« Da Wildkatzen aber lange Schwänze haben, hat man sich auf einen Luchs geeinigt.

Wow, jetzt war klar, warum ich mich so verhielt und es mir Spaß machte, die kleinen Enten zu reißen. Mein Papa war ein Luchs aus den Wäldern Südfrankreichs! Ihr könnt euch nicht vorstellen, wie stolz ich in diesem Moment war. Auch meine Position innerhalb der Familie war jetzt gestärkt: Ich hatte ab sofort was zu sagen! Denn diese neuen Erkenntnisse haben dazu geführt, dass mein Lebensretter mich jetzt mit anderen Augen sah. In seinen Augen konnte ich Stolz erkennen, den Stolz, ein Tier wie mich zu besitzen. Von diesem Tag waren wir beide unzertrennlich. Sobald er von der Arbeit nach Hause kam und sich aufs Sofa setze, begann ich, ihm mit meinen Pfoten durch die Haare zu streichen, natürlich mit leicht ausgefahrenen Krallen ... Das schien ihm ziemlich zu gefallen. Auch mein Futter verbesserte sich: Waren es vorher Aktionsdosen vom Supermarkt, bekam ich jetzt frisches Hackfleisch, schließlich musste ein halber Luchs doch Frischfleisch fressen. Ach war das schön. Alle Leute, die zu Besuch kamen, hatten richtig Respekt vor mir, was ich natürlich immer ausnutzte. Jedes Mal, wenn es an der Haustür klingelte, war ich der Erste an der Tür. Die Begrüßung wurde jedes Mal von lautem Knurren begleitet, damit gleich klar war, wer das Sagen hatte.

Mein erster ernst zu nehmender Gegner

Die Monate vergingen und meine Stellung innerhalb der Familie war als *sehr gut* zu bezeichnen. Ich bekam alles von meinem Herrchen und unsere Liebe wurde immer tiefer. Es war egal, was für Streiche und Dummheiten ich mir ausgedacht hatte – Herrchen stand immer hinter mir!

In der Zwischenzeit hatte ich die neue Umgebung voll im Griff. Ich wusste genau, wann die Nachbarskatzen ihr Futter bekamen, dann war ich stets zur Stelle und schlug mir den Bauch voll. Wer sich mir in den Weg stellte, bekam eins übergebraten. Das hat sich natürlich rumgesprochen in der Nachbarschaft. Ihr könnt euch sicher vorstellen, dass ich nicht überall ein gern gesehener Gast war, aber was soll's. Das führte allerdings dazu, dass mein Bauch immer dicker wurde.

Eines Tages, Herrchen war mit seinem Fahrrad unterwegs, setzte ich mich auf den

Randstein vor unserem Haus, um auf seine Rückkehr zu warten. Plötzlich bog ein junges Mädchen mit ihrem ausgewachsenen Schäferhund um die Ecke. Als sie mich entdeckte, versuchte sie noch krampfhaft, ihren Hund zu halten, aber es nütze nichts: Er sah mich und ging direkt auf mich los – zumindest hat er es versucht, aber als er mit offenem Maul und blutunterlaufenen Augen auf mich zu raste und sich siegessicher fühlte, habe ich ihn eines Besseren belehrt ...

Meine Angriffsstrategie war immer die Gleiche: Niemals weglaufen, sondern sitzen bleiben, sich zu einer Kugel machen, und im richtigen Moment auf den Kopf beziehungsweise in den Nacken springen, dann die Krallen ausfahren und was das Zeug hält Augen und Nase zerkratzen, bis das Blut die Augen verschmiert, und dann zum alles entscheidenden Biss ansetzen, meistens in die Nase. Der Schäferhund jedenfalls musste seine Wunden vom Tierarzt versorgen lassen und ich ging, wie so oft, als strahlender Sieger vom Platz.

Mein Herrchen hatte das Ganze von der Ecke aus heimlich beobachtet. Als der Kampf vorbei war, kam er angeradelt und hat das kleine Mädchen getröstet, sogar für den Tierarzt hat er was springen lassen. Aber ich konnte den Stolz in seinen Augen sehen, so nach dem Motto: Der Kleine hat den Großen wieder mal gezeigt, woher der Wind weht.

Ab ins Ferienhaus

Das Wochenende stand vor der Tür und die ganze Familie einschließlich mir wollte es im Ferienhaus verbringen. Es wurde aber eng, weil nur das Spielzeug meines Herrchens als Fahrgelegenheit zur Verfügung stand, so ein roter Flitzer mit zwei Sitzen. Die Probleme waren also vorprogrammiert und so nahm das Unheil seinen Lauf: Frauchen verfrachtete mich in die Katzenkiste, die sie aber vergaß zu schließen!

Wir fuhren los, ich in der Kiste auf dem Schoss von Frauchen. Ach, was war das denn, diese Kiste war so was von laut, das hielt ja kein Schwein aus. Die Bäume rauschten an mir vorbei und ich bekam so richtig Schiss, was ich mit lautem Jaulen kundtat ... Ich tobte in meinen Käfig, bis ich die irrtümlich offen gelassene Käfigtür bemerkte. Dann gab es kein Halten mehr: raus aus dieser Kiste und raus aus diesem roten Höllending!

Frauchen versuchte, mich wieder einzu-
fangen, aber ich versteckte mich fauchend
zwischen den Füßen meines Herrchens,
der wiederum schrie, weil er nun nicht
mehr richtig fahren konnte. Er hatte Mühe,
das Auto anzuhalten, was ihm auf einem
Autobahnparkplatz schließlich auch gelang. Da setze es zum ersten Mal nach langer Zeit wieder Prügel.

Wir fuhren weiter und ich hörte, wie Herrchen sagte: »Wir müssen dem Rapauzer
eine Beruhigungsspritze geben.«

Frauchen ist Ärztin und wir fuhren an
ihrer Praxis vorbei und sie verpasste mir
eine Valiumspritze.

Als ich wieder zu mir kam, waren zwei
Tage vergangen. Ich konnte mich an nichts
erinnern, was in diesem Ferienhaus so alles passiert war, aber ich habe mitbekommen, dass ich zur Belustigung aller Anwe-
senden beigetragen hatte. Die Frau Doktor
war halt keine Tierärztin und hatte mir
eine Überdosis verpasst. Jedenfalls hatten
alle einen Höllenspaß mit mir.

Herrchen öffnete die Tür, ich rannte raus auf die Alpenwiese, wo ich sogleich auf ein junges, nichts ahnendes Kalb, das gemütlich Gras fraß, losging. Ich sprang auf den Rücken des doch sehr großen Tieres und biss zu. Das Kalb bockte vor Schreck und ich flog in hohem Bogen zurück auf die Wiese.

Ich wusste nicht, was mit mir los war, und schäumte vor Wut.. Diese Überdosis hat mich wohl total aus der Bahn geworfen. Das Kalb stürmte auf mich zu und ich konnte gerade noch zur Seite springen. Uff – das war knapp!

Ich machte mich vom Acker und streifte durch die Bergwiesen. An einem sicheren ruhigen Plätzchen kuschelte ich mich ins Gras, um mich von dem ganzen Streß zu erholen.

Stunden später weckte mich mein knurrender Magen, es war Zeit, nach Hause zurückzukehren.

Dort angekommen, machte ich mich durch lautes Jaulen vor der Türe bemerkbar.

Herrchen war ganz happy, als er die Tür öffnete und mich zerzaust aber wohlauf vorfand.

Meine Erlebnisse mit unseren Nachbarn

Alle nannten ihn den *Kaffeebaron*, wahrscheinlich hatte er was mit Kaffee zu tun, jedenfalls hatte er einen hoch spannenden Garten mit einen kleinen Teich, wo sich einige Tiere versammelten. Da durfte ich nicht fehlen und auch der große weiße Hund vom Kaffeebaron war immer einen Streit wert.

Es war an einem schönen Frühlingsmorgen, ich sonnte mich im Garten des Kaffeebarons, als ich plötzlich seine Stimme hörte: »Ja wo ist denn mein großer Liebling? Schau mal, Herrchen hat dir was Feines mitgebracht.«

Wie ihr euch vorstellen könnt, hat das *Feine* Meine Neugier geweckt. Da die Balkontür zum Garten offen stand, konnte ich beobachten, wie der Baron ein großes Paket mit rohem Hackfleisch auspackte. Er liebte seinen Hund und anscheinend war das dessen Lieblingsfressen. Er sagte: »Pass auf, Herrchen geht jetzt duschen, dann gibt es feines Fressi.« Er legte das ausgepackte Hackfleisch auf den Küchentresen und verschwand.

Als ich die Dusche laufen hörte, nutze ich meine Chance. Aber wie kam ich an dem Hund vorbei, der sein Fleisch mit Adleraugen bewachte? Ich sah, dass die Eingangstür offen war, schlich mich wieder aus dem Haus, lief einmal rundrum und schon stand ich im Eingang mit Sicht auf die Küche. Ich miaute laut. Das erregte sofort die Aufmerksamkeit des Hundes und er raste auf mich zu. Ich wusste genau, dass er mir bis zur Balkontür folgen würde, diese jedoch nur einen Spalt offen war, sodass ich durchkam und er nicht. Dann ein Sprung auf den Tresen und schon hatte ich das Fleisch vor mir liegen. Der Hund tobte vor der Balkontür, als ich zu fressen begann. Ich wusste, es musste schnell gehen, denn der Baron konnte jeden Moment aus der Dusche kommen, also fraß ich, was das Zeug hielt. Vor lauter Gier haben ich ihn nicht kommen gehört, wahrscheinlich hat das Bellen des Hundes ihn aus der Dusche gelockt. Ein kurzer Blitz durchzog mich, doch das Fleisch war so was von lecker, dass ich die Hiebe in Kauf nahm. Aber bei den Schlägen blieb es nicht, denn als der Baron abends bei uns vor der Tür stand, wusste ich, dass es noch mehr Ärger geben würde. Herrchen bezahlte das von mir gestohlene Fleisch und ich machte mich vorsichtshalber für ein zwei Tage aus dem Staub.

Schwarzfahrer

Es war schon einige Zeit vergangen und der Hunger hatte mich längst wieder nach Hause getrieben. Ich saß auf dem Dach des Lieferwagens vom Baron, denn von da oben aus konnte ich genau sehen, wer in unsere Straße reinfuhr. Ich wartete auf mein Herrchen. Ich muss wohl eingeschlafen sein. Der Lieferwagen hatte sich in Bewegung gesetzt und zum Runterspringen war es bereits zu spät; also klammerte ich mich an dem Eisengestänge fest und losging die Fahrt Richtung Stadt.

Herrchen war allerdings schon auf dem Heimweg und kam uns entgegnen. Er entdeckte mich, wendete und fuhr hupend hinter uns her. Er überholte den Baron und versuchte, ihm klarzumachen, dass ich mich auf dem Dach festkrallte! Doch der Herr Baron verstand nichts und fuhr weiter.

Ach du Schreck, es ging auf die Autobahn! Ich konnte mich nur noch mit Mühe festklammern. Das Auto fuhr immer schneller und meine Angst wurde immer größer! Bloß festhalten und keinen Abgang machen! Mein Herrchen versuchte weiter, den Baron dazu zu bringen, auf dem nächsten Parkplatz anzuhalten.

Endlich kapierte der Blödmann und fuhr auf einen Parkplatz. Er fing sofort an rumzumeckern, was das denn solle, da zeigte ihm Herrchen, dass ich auf dem Dach saß. Da sprang ich ihm schon fauchend entgegen.

»Wo kommst du denn her?«, lachte er verwundert.

Natürlich waren alle froh, dass mir nichts Ernsthaftes passiert ist.

Von diesem Tag an schlief ich nie wieder auf einem Autodach.

Ein Umzug steht an

Ich hatte mich kaum eingelebt, da hörte ich Frauchen und Herrchen über einen bevorstehenden Umzug sprechen. Das passte mir ganz und gar nicht!

Doch dann ging alles ganz schnell und schon waren wir in einem wunderschönen Haus. Das Ganze hatte nur einen Haken für mich: Das Haus war ein Haus auf einem Haus – die Menschen nannten es *Penthouse* –, was für mich zu einem großen Problem wurde, da ich nicht mehr meine gewohnten Streifzüge durch den Wald machen konnte. Mein einziger Trost war eine große Terrasse, die ich für mich nutzen und von der ich alles, was um das Haus herum geschah, beobachten konnte.

Am Anfang war das lustig, aber mit der Zeit wurde es mir zu langweilig. Das brachte mich auf eine Idee, ich musste nur warten, bis eine Gelegenheit zur Flucht gekommen war. Es läutet und mein Herrchen öffnete die Tür. Zwei Männer brachten

Möbel, dadurch war die Wohnungstür offen. Das nutze ich natürlich sofort aus und weg war ich; noch einige Treppen nach unten und ich stand vor der Eingangstür, die von den beiden Männern offengelassen worden war, um weitere Möbel nach oben zu tragen. Juhu, ich war frei! Ich hatte von oben immer Kinder beobachtet, die in einer großen Kiste mit Sand spielten und dabei viel Spaß hatten. Diese Kiste war mein erste Ziel in der neuen Freiheit, denn ich hatte vor meinem Ausflug vergessen, das Katzenklo zu besuchen.

Ich sprang in die Kiste und legte erst mal ein dickes Ei. Danach schnupperte ich die neuen Gerüche im Sand ab. Als sich zwei Kinder dem Sandkasten näherten, wusste ich, dass es ein Problem geben würde, denn das war jetzt mein Kistchen und ich musste es natürlich verteidigen, koste es, was es wolle.

Die Kinder freuten sich aber erst mal: »Schau mal, eine Katze! Die will sicher mit uns spielen!«

Von wegen spielen: Die wollten mich streicheln! Geht gar nicht! Leicht erzürnt teile
ich einige Ohrfeigen aus, ein paar Kratzer
und kleinere Bisse waren auch dabei. Sie
haben so gebrüllt, dass es mir fast schon
wieder leid getan hat, aber da kam auch
schon ein Mann angerannt und ging auf
mich los. Ich wollte abhauen, doch der
Mann warf mir ein Netz über den Kopf, das
neben dem Sandkasten lag. Alles Wehren
nutzte nichts, ich war gefangen.

Es versammelten sich immer mehr Menschen um mich. Ich hörte, dass man die
Polizei rufen wollte, was für mich nichts
gutes bedeuten konnte.

Mein Herrchen wurde angerufen. Einige
Zeit später kam er zu der wütenden Menge
und versuchte, die Leute zu beruhigen, dass
ja bis auf einige Kratzer nichts passiert sei.
Er lud den Vater der Kinder für weitere
Gespräche zu uns ein, was dann mit einer
kleinen Geldspende für die Kinder endete.

Ich jedoch war wieder gefangen, was mich
sehr traurig machte.

Die Erster-August-Feier

In der Schweiz ist der 1. August der Nationalfeiertag. Mein Herrchen hatte für diesen Tag einige Gäste zum Grillen eingeladen. Das ist so üblich an diesem wichtigen Tag. Ich hatte ihm bei den Vorbereitungen zugesehen und natürlich bereits überlegt, was ich mir an Fleisch klauen könnte.

Herrchen schmückte die Terrasse mit Schweizer Fahnen, so wie es die meisten Leute an diesem Tag machten. Ein Bierchen dazwischen musste auch sein. Als die ersten Gäste kamen, war ich einige Minuten unbeaufsichtigt. Das nutzte ich sofort aus und die erste Wurst, die er am Küchentisch lagerte, war mein ... und so was von lecker!

Im Laufe des Abends, das Grillen war in vollem Gange, holte ich mir dann noch ein schönes Steak vom Grill, versteckte mich damit in den Büschen auf der Terrasse und ließ es mir schmecken. Es ist gar nicht aufgefallen, da sich die Gäste ihr Fleisch selber zubereitet hatten.

Es wurde dunkel, alle waren schon am Feiern, als es mit den Feuerwerken rund um unser Haus losging. Es war schön anzusehen, ich war total von diesem Lichtern fasziniert, jedoch war mir der nun unbewachte Grill noch wichtiger. Mein Herrchen hatte auch ein Feuerwerk, das er gerate am Aufbauen war, da konnte ich nicht widerstehen und bin das Risiko, erwischt zu werden, eingegangen. Es hatte leicht zu regnen begonnen und die Gäste hatten sich ins Wohnzimmer zurückgezogen, als ich mich Richtung Grill auf den Weg machte. Das Dumme war nur: Herrchen saß im Wohnzimmer und konnte durch das Fenster alles sehen. Ich versuchte, das heiße Fleisch mit den Krallen von der Grillfläche zu ziehen und war damit so beschäftigt, dass ich nicht merkte, dass er schon im Anmarsch war. Er warf einen Holzpantoffel nach mir ... Oha, das war knapp! Die Terrassentür war offen, ich rannte Richtung Tür, Herrchen hinter her – dann passiere es: Im Wohnzimmer war weißer

Steinboden verlegt. Herrchen, jetzt barfuß ohne Pantoffel, hatte draußen nasse Füße bekommen und als er nun nach mir grapschte, rutsche er aus und knallte volles Rohr auf den Hintern. Dabei hat er sich einen Finger und den großen Zeh gebrochen.

Die nächsten Tage war er gar nicht gut auf mich zu sprechen, also ging ich ihm ein bisschen aus dem Weg.

Das Katzenbaby

Die Aufregung der letzten Tage hatte sich wieder gelegt und wir verbrachten eine harmonische Zeit mit vielen Schmuseeinheiten.

Mein Herrchen hatte sich angewöhnt, einen Verdauungsspaziergang nach dem Abendessen einzulegen. Ich legte mich derweil aufs Sofa und wartetet, bis er wieder zurückkam.

Ich muss wohl eingeschlafen sein. Im Schlaf hörte ich ein leises aber bestimmtes Jammern eines Artgenossen, was mir so gar nicht passte ... War das ein Traum? Ich öffnete die Augen, blickte mich um und sah nichts, das mich in Alarmbereitschaft versetzte.

Doch da war es wieder, dieses Wimmern, ich musste der Sache doch mehr Aufmerksamkeit schenken, als zunächst gedacht. Ich ging dem Wimmergeräusch nach und da war sie, weiß wie der Marmorboden: Herrchen hatte ein Katzenbaby mitgebracht. Ganz durchnässt hatte er die Kleine unter einem Auto gefunden. Sie hatte zwar ein Halsband, aber ohne Adresse. Was soll ich sagen, das ging so nicht. Ich musste sofort klarstellen, wer hier das Sagen hatte, und zwar mit einem, wie mir schien, behutsamen Hieb gegen den Kopf der Kleinen. Autsch, das war wohl doch ein wenig zu fest, denn sie blutete den weißen Boden voll und wollte sich verkriechen, als Herrchen um die Ecke kam. Schon bekam ich wieder was auf den Deckel, dabei wollte ich ja nur meinen Standpunkt klarmachen, ich bin doch kein Katzenbabykiller.

Ich wurde wie schon so oft weggesperrt, um keinen weiteren Schade anzurichten.

Am nächsten Tag, suchte ich die Kleine, aber sie war verschwunden. Herrchen hatte sie nach dem Regen wieder unter dasselbe Auto gesetzt, wo er sie gefunden hatte, und sie ist dann wohl von ihrem Besitzer gesucht und gefunden worden.

Also ich weiß nicht, ich glaube, ich mache alles falsch, aber ich kann nichts dagegen machen: Fremde Katzen oder Hunde sind einfach nicht drin.

Ich sage nur: Tierspital

An einem schönen Sommermorgen lag ich wie jeden Tag auf der Dachterrasse in den Blumentöpfen und beobachte die nähere Umgebung. Ich langweilte mich, denn das Eingesperrtsein war so gar nichts für mich. Ich hörte, dass sich die Wohnungstür öffnete und Handwerker kamen, um etwas in der Küche auszutauschen. Da war sie, die Gelegenheit, wieder einmal einen Ausflug zu machen, und wurde sofort in die Tat umgesetzt. Ich rannte die Treppen nach unten, die Tür stand offen und schon war ich draußen, voller Lust auf ein neues Abenteuer.

Ich streifte durch die Gegend, wobei ich mich immer in der Nähe des Waldes aufhielt, um dem Straßenverkehr auszuweichen. Aber das dachten sich auch andere Ausreißer. Unter ihnen war ein großer, ein wirklich großer und auf Katzen nicht gut zu sprechender Hund. Was soll ich sagen, ich habe den Köter zu spät gesehen, erst als er bereits auf mich losging. Eigentlich ein leichtes Spiel für mich, gegen eine Schlägerei hatte ich auch nichts einzuwenden, doch er hatte durch den Überraschungseffekt einen leichten Vorteil. Ich muss bei meinem Sprung auf seinen Rücken wohl etwas zu langsam gewesen sein, denn ein heftiger Schmerz durchbohrte meinen angespannten Körper: Er hatte mich erwischt! Seine Zähne bohrten sich in meinen Bauch und mir blieb nur der Rückzug der, wie ihr euch denken könnt, auf dem nächsten Baum endete.

Nach einer gewissen Zeit ist er dann endlich abgehauen und ich wollte wieder vom Baum runter, aber meine Verletzungen waren zu groß, um alleine runterzukommen. Da saß ich also und wartete, dass irgendjemand mein Jaulen hörte. Ich wusste, dass mein Herrchen mich suchen würde, wenn er von der Arbeit nach Hause kam.

Mein Glück, dass ich mich nicht sehr weit von zu Hause wegbewegt hatte, darum hat es nicht allzu lange gedauert, bis er mich fand. Mit einer Leiter musste er mich vom Baum holen, was sich aber als schwierig rausstellte, weil meine Wunden so schmerzten, dass ich mich auch von Herrchen nicht anfassen ließ. Er wusste aber mit mir umzugehen und holte mich dennoch von Baum, mein Held. Da war sie wieder, diese Liebe!

Ich hatte so viel Blut verloren, dass ich auf der Fahrt in die Tierklinik das Bewusstsein verlor. Als ich am nächsten Tag aufwachte, traute ich meinen Augen nicht: Mein ganzer Bauch und Teile meines Rückens waren kahl rasiert und mein Bauch aufgeschnitten und mit Klammern wieder geschlossen worden. Ich sah aus wie das zusammengenähte Ding aus den Gruselfilmen und hatte schreckliche Schmerzen. Eine hübsche Blonde kam zu mir und wollte die Käfigtür öffnen, um mich da rauszuholen, aber ohne mich: Ich fauchte und tobte. Das ging den ganzen Tag so.

Dann hörte ich ein mir sehr vertrautes Pfeifen, das immer näher kam ... Da war er, mein Held, um mich nach Hause zu holen. Er hatte mich nicht gleich gefunden, weil man mich auf die Raubtierstation verlegt hatte, die Pfleger kamen hier besser zurecht mit so einem Verrückten wie mir! Ich hörte, wie der Pfleger zu meinem Herrchen sagte, ich sei aber ein rabiater Kater! »Wo haben 's den her?«

»Aus Südfrankreich«, antwortete mein Herrchen sichtlich stolz auf mich.

Ich genoss die Fahrt nach Hause, weil ich wusste, dass es lecker Fleisch geben würde. Mein Held ließ dann auch nichts unversucht, um mich bei meiner Genesung zu unterstützen. Die Terrassentür war einen Spalt offen und ich setzte mich davor. Es wehte ein kühler Wind auf meine Wunde und ich war zufrieden, auch die Schmerzen wurden immer weniger. Ich war zuversichtlich, in Bälde wieder der Alte zu sein. Die nächsten Tage waren für meinen Helden und mich sehr harmonisch.

Ich hörte ihn reden, es ging wohl um einen erneuten Umzug, aber dieses Mal in ein großes Haus auf dem Land, was mir natürlich sehr entgegenkam. Die langweilige Terrasse war Geschichte!

Paradiesisch, gigantisch, geil

So nannte ich mein neues Zuhause. Es gab dort alles, was mein Katerleben spannender, glücklicher und aufregender machte: einen großen Garten, einen Fischteich (ich erinnerte mich an die Entenküken!) und beim Nachbarn viel zu fressen! – Warum? Das erzähle ich euch jetzt.

Als wir in unser neues Haus zogen, machte ich mich sogleich ans Erkunden der näheren Umgebung. Beim Nachbarn roch es nach Katzen, vielen Katzen: Ich zählte sieben Futternäpfe mit den jeweiligen Namen drauf. Na, da wurde es Zeit, sich bei Nachbars Katzen mal vorzustellen.
Ich beobachte, dass das Frühstück für die Katzen immer zur selben Zeit in die jeweiligen Näpfe gefüllt wurde und wollte mich dazugesellen. Nachdem ich mich bei einigen erst mal durchsetzen musste, haben es die anderen dann gar nicht erst versucht, einen Streit wegen des Futters mit mir an-

zufangen. Das hatte zur Folge, dass ich jeden Tag acht Portionen verdrückte, denn das, was ich zu Hause bekam, musste ja auch noch rein! Ein Traum, sage ich euch.

Es dauerte einige Tage, bis mein Herrchen merkte, dass ich deutlich an Gewicht zugelegt hatte. Er setzte mich auf Diät, aber das kümmerte mich natürlich nicht, ich hatte ja noch meine täglichen Rationen beim Nachbarn.

Die Monate vergingen, es war bereits Winter und mein Umfang hatte eine Dimension erreicht, dass mein Bauch eine Schleifspur im Schnee hinterließ. Dem Nachbarn war aufgefallen, dass seine Katzen deutlich an Gewicht verloren hatten. Der hat sich schließlich nach dem Füllen der Futternäpfe auf die Lauer gelegt und mich erwischt. Das hatte dann zur Folge, dass seine Katzen nur noch im Wintergarten gefüttert wurden und ich mit scheußlichem Diätfutter vom Tierarzt auskommen musste. Bäh! Aber die Gier … Ich würde es jederzeit wieder tun.

Handwerker im Haus

Ich hatte es mir auf einem großen Stein vor dem Haus bequem gemacht, die Sonne strahlte an diesem schönen Sommermorgen und ich überlegte, was ich unternehmen könnte, als plötzlich ein Lastwagen mit großem Getöse die Einfahrt rauffuhr. Das war spannend, denn da gab es immer was zu sehen!

Herrchen begrüßte den Fahrer des Lastwagens sehr herzlich, die beiden schienen Freunde zu sein. Sie gingen ins Haus und ich machte mich sogleich ans Erkunden des Lastwagens. Ein kräftiger Satz und schon war ich auf der Ladefläche, die mit einigen Strohballen gefüllt war. Darauf kann man sich hervorragend entspannen!

Der Fahrer des Wagens holte Werkzeug von der Ladefläche, bemerkte mich aber nicht. Es hat mich natürlich sehr interessiert, was es hier zu tun gab, darum überlegte ich nicht lange und folgte dem Mann durchs Haus in den Garten. Da schaltete er eine Maschine ein, die so laut war, dass mir fast das Trommelfell platzte. Ich hab mich so erschrocken, dass ich es vorzog, mich wieder auf die Strohballen auf der Ladefläche zurückzuziehen. Ich habe es mir dann im weichen Stroh gemütlich gemacht und bin schließlich eingeschlafen.

Als ich aufwachte, pfiff mir Wind um die Ohren und ich hörte laute Autogeräusche. Im ersten Moment wusste ich gar nicht, wo ich mich befand, so tief hatte ich geschlafen. Ich war doch tatsächlich erst auf der Autobahn aufgewacht, als der Fahrtwind rauer wurde.

Wie sollte ich mich denn jetzt bemerkbar machen? Mein lautes Jaulen konnte der Fahrer in der Kabine ja nicht hören! Da entschloss ich mich, es bei dem kleinen Fenster zu versuchen, da muss er mich doch sehen. Als der Fahrer das Fenster etwas öffnete, war das meine Chance! Ich überlegte nicht lange und sprang durch das offene Fenster in die Kabine. Blöderweise hatte der Fahrer mit allem gerechnet, nur nicht mit einem Kater, der zu ihm ins Führerhaus sprang. Der hat sich so erschrocken, dass er fast von der Straße abgekommen wäre. Und dann hatte er auch noch panische Angst vor mir, Herrchen hat ihm wahrscheinlich einige Geschichten über mich erzählt.

Er fuhr auf den nächsten Parkplatz, um mein Herrchen zu informieren, dass er einen blinden Passagier an Bord hatte. Der setzte sich ins Auto, um mich abzuholen. In der Zwischenzeit machte ich es mir auf dem Platz des Fahrers gemütlich, der leider draußen auf mein Herrchen warten musste. Er hat zwar versucht, sich auch ins Führerhaus zu setzten, das habe ich aber nicht zugelassen. Es war Mittagszeit und die Sonne brannte ihm auf den Kopf. Er wollte sich die Wasserflasche aus dem Seitenfach der Fahrertür holen, öffnete die Tür, nahm die Flasche, öffnete sie – und schon hab ich ihm eine verpasst. Er ließ die Flasche fallen und warf schreiend die Tür zu. Das Wasser der Flasche lief aus, was mich sehr freute, denn es war ganz schön heiß in der kleinen Kabine.

Nach einer Ewigkeit kam mein Herrchen und befreite mich aus dem Führerstand. Trotz einiger Ohrfeigen, die ich bekam, war er mein Held. Den Fahrer vertröstete er, indem er mit ihm ins nächste Gasthaus fuhr, wo auch dieser seinen Durst löschen konnte.

Ich bin sicher, bei nächsten Mal wird er sich vor der Abfahrt vergewissern, ob sich ein verrückter Kater auf seiner Ladefläche befindet. Für mich war es aber wieder mal ein spannendes Abenteuer.

Grillabend mit Gästen

Das Wetter war schön und ich erkundete die Gegend. Ich hatte mir zwar eine Kleinigkeit zum Fressen organisiert, jedoch hatte das nicht lange vorgehalten und der Hunger trieb mich wieder nach Haus zu meinem Herrchen, der vermutlich immer noch nicht gut auf mich zu sprechen war, wegen der Sache mit dem Lastwagen. Na ja, ich liebte ihn trotzdem.

Aber es war keiner da, mein Herrchen ausgeflogen und auch zu Fressen gab es nichts. Das hat meine Laune auf einen Tiefpunkt sinken lassen. Was sollte ich also machen, außer warten, bis er nach Hause kam. Also ein kleines Nickerchen ...

Das Geräusch kannte ich doch? Er war es, er kam nach Hause, sicher gab es jetzt was zu futtern! Die Begrüßung war, wie erwartet, etwas nüchtern, jedoch wusste ich, wie ich ihn in gute Stimmung versetzen konnte: Kaum hatte er sich auf dem Sofa niedergelassen, war ich schon zur Stelle. Mit ausgefahrenen Krallen streichelte ich durch seine Haare, denn ich wusste, dass ihm das gefiel. So ließ die Belohnung für die Kopfmassage auch nicht lange auf sich warten: Er ging in die Küche, ich hinterher. Er packte leckeres Fleisch aus, wovon er mir einige Stücke abschnitt. Mir lief das Wasser im Munde zusammen. Er war einfach der Beste!

Abends hörte ich ihn dann am Telefon etwas von einem Grillabend sagen. Das liebe ich! Super! Da würde sicher was zu holen sein.

Die ersten Gäste trudelten nach und nach ein. Einige kannte ich schon, die anderen musste ich erst mal genauestens beobachten. Die Neuen hatten alle etwas Respekt vor mir, was mir natürlich sehr entgegenkam. Einige nahmen ihren Mut zusammen und versuchten, mich zu streicheln, was ich mit lautem Fauchen verhinderte.

In der Küche war Herrchen dabei, das Grillfleisch vorzubereiten. Er legte gerade das Fleisch für das Würzen aus, als er von draußen gerufen wurde. Er verließ die Küche, um mit seinen Freunden anzustoßen. Das war meine Chance! Ich nutzte sie und war mit einem Satz auf dem Küchenblock. Ein Fleischparadies tat sich vor mir auf! Ich wusste im ersten Moment nicht, wo ich zuerst reinbeißen sollte ... Rohes Fleisch – ich liebe es einfach! Doch ich musste mich beeilen, denn Herrchen würde gleich wiederkommen, also entschloss ich mich, mich erst mal mit einem Steak zu verstecken. Ich konnte mir ja später noch was holen.

Gerade als ich mit dem Steak um die Ecke verschwand, betrat er die Küche. Es ist ihm glücklicherweise nicht aufgefallen, dass was fehlte. Sehr gut!

Das Fleisch kam dann auf den Grill. Das duftete vielleicht, sag ich euch! Vom Geruch magisch angezogen, versteckte ich mich im Gebüsch hinter dem Grill. Ich beobachtete Herrchen, wie er den Deckel vom Grill einmal offen und dann wieder geschlossen hielt. Deckel offen – und los! Ich überlegte nicht lange. Um mich an dem heißen Grill nicht zu verbrennen, sprang ich mit ausgefahrenen Krallen hoch, schnappte mir im Flug ein Lammkotelett – Scheiße, war das heiß! – und landete wieder im Gebüsch, wo ich mir meine Beute schmecken ließ.

In meiner Gier hatte ich nicht bemerkt, dass ich von einem Gast beobachtet wurde. Die ganze Gesellschaft war jetzt gewarnt, einschließlich Herrchen!

Es ließ mir keine Ruhe, ich musste es nochmals versuchen. Es kam, wie es kommen musste: Gewarnt wartete Herrchen mit dem Wasserschlauch. Ich setzte gerade zum Sprung Richtung Fleisch an, da erwischte mich der Wasserstrahl. Ich hab mich so erschrocken, dass ich mit lautem Geschrei und fauchend das Weite suchte. Die ganze Bande lachte sich über mich kaputt und ich musste wieder mal erkennen, dass es falsch ist, den Hals nicht voll zu bekommen. Aber wenn es doch so lecker ist ... Gestohlenes Fleisch ist halt das beste Fleisch.

Ach Du Schreck, ein Hund kommt ins Haus

In letzter Zeit hatten wir des Öfteren Besuch von einer netten älteren Dame, die sich mit Herrchen über die Zucht und das Aufziehen eines Hundes unterhielt. Ich habe dem Ganzen keine große Bedeutung beigemessen, es wäre aber besser gewesen, ich hätte da mal genauer hingehört.

Eines Tages, ich kam gerade todmüde von einer kleinen Wanderung durch die umliegenden Gärten nach Hause, nahm ich schon auf der Terrasse unseres Hauses diesen unverwechselbaren Geruch wahr, den ich von früher kannte. Ich wusste sofort, dass das nichts Gutes bedeutete, es würde mein weiteres Leben unwiderruflich verändern!

Ein kleines Hundebaby lag schlafend auf einer extra für ihn gekauften Hundedecke. So was habe ich nie besessen – na warte! Ich beschnüffelte den Kleinen erst mal ausführlich, doch dieser erwachte mit einem lauten Jaulen, als er mich erblickte. Ich wusste im ersten Moment gar nicht, was ich machen sollte, darum habe ich ihm nach alter Gino-Manier erst mal eine gedonnert. Das hatte gesessen. Die Nase des Kleinen blutete und mir brummte sogleich der Schädel von der Ohrfeige, die mir Herrchen verpasste, der gerade dazugekommen war. Ich suchte zunächst das Weite.

Dieser Neue hat mir aber keine Ruhe gelassen, also habe ich ihn gut versteckt beobachtet und natürlich mitbekommen, dass er der neue Star der Familie war. Mir schenkte man keinerlei Aufmerksamkeit mehr! So konnte das nicht weitergehen, aber was sollte ich tun? Mein Herrchen, mein Held wurde mir einfach genommen – und das von einem Hundebaby! Eine Schande, die ich so nicht hinnehmen konnte.

Ich habe lange überlegt, wie ich die Liebe meines Herrchens wiedererlangen könnte, aber ich wusste, dass das nur möglich war, wenn ich auch eine gewisse Zuneigung gegenüber dem Neuen aufbringen würde.

Aber wie sollte ein Kater wie ich, der Hunde als seine potenziellen Feinde ansah, so einem Zuneigung entgegenbringen? Dazu kam noch, dass Faro, so haben sie ihn genannt, immer mit mir spielen wollte und mir ständig den Kopf mit seiner nassen Zunge abschleckte. Das war doch zum Kotzen! Immer wenn wir mal unbeobachtet waren, hab ich ihm eine verpasst. Dann ist dieser Feigling immer sofort zu Herrchen gerannt und hat sich hinter im versteckt.

Die Wochen vergingen und langsam hatte ich mich an Faro und seinem Gestank gewöhnt, es blieb mir ja nicht anderes übrig. Der Kleine wurde zwar bedrohlich groß, unsere gelegentlichen kleinen Kämpfe sah er aber immer als Spiel an. Für mich jedoch war es immer ein ernster Kampf, denn ich war rasend eifersüchtig auf den Kleinen!
Dennoch gelang es mir mit der Zeit irgendwie, eine Art Freundschaft daraus zu machen. Ich stiftete Faro zu allem mögli-

chen Blödsinn an, in der Hoffnung, dass auch er mal den Zorn von Herrchen abbekam. Aber so sehr ich mich auch anstrengte, es klappte einfach nicht, ich musste immer alles ausbaden!

Dann kam mir eine Idee: Ich wollte Faro in meine Diebstähle einbeziehen und ihn zum Mittäter machen, denn er genoss die gesamte Aufmerksamkeit des Herrchens, das nutze ich aus.

Ihr müsst wissen: Kochen ist für mein Herrchen eine große Leidenschaft, sodass es nicht lange dauerte, bis wieder mal ein Fest mit Freunden anstand. Mein Herrchen stand in der Küche, um die nötigen Vorbereitungen zu treffen. Faro und ich beobachteten ihn vom Flur aus, als mir ein fantastischer Geruch in die Nase stieg. Ich wusste sofort: Das war meine Chance Faro, diesem noch unerfahrenen Köter, eins auszuwischen!

Lammkoteletts sollte es geben. Diese lagen auf dem Küchentresen, als das Telefon läutete – der Katzengott meint es gut mit mir.

Herrchen verließ die Küche, um ans Telefon zu gehen. Ich also ab in die Küche, Faro hinterher. Ich sprang auf den Küchenblock. Faro wollte seine Pfoten auf den Tresen stellen, aber dafür war er trotz allem noch zu klein. Ein einziges Mal wollte ich nicht meiner Gier erliegen, sondern klug handeln, also nahm ich drei der leckeren Lammkoteletts und warf sie zu Faro auf den Boden. Ich verschwand mit einem Stück in den Garten!

Faro, der kleine Scheißer, legte sich vor die Lammkoteletts und begann diese genüsslich abzuschlecken, bis Herrchen in die Küche zurückkam. Der schäumte vor Wut und Enttäuschung, dass sein kleiner Liebling diesen Diebstahl begangen hatte, ohne darüber nachzudenken, dass der Kleine ja gar keine Möglichkeit gehabt hatte, an das Fleisch zu kommen. Während er auf den Hund ein schimpfte, guckte er in den Garten und sah mich dort ganz unschuldig sitzen. Da wurde ihm wohl klar, dass wieder mal ich dahintersteckte. An diesem Tag musste ich mir mein Abendmahl woanders besorgen, da es besser war, mich nicht zu Hause zu zeigen.

Eine neue Frau an Herrchens Seite

Die Monate vergingen und ich musste feststellen, dass Faro ein wirklich lieber Spielgefährte wurde. Es hat sich eine richtige Hass-Liebe zwischen uns entwickelt. Faro ging dann mit Herrchen in die Hundeschule. Das hatte zur Folge, dass er sich mit zunehmenden Alter nicht mehr alles von mir gefallen ließ.

Eine Tages hielten wir unser Mittagsschläfchen, als Herrchen mit einer uns unbekannten Frau das Haus betrat. Mir war zwar aufgefallen, dass die Christbaumkugelfrau nicht mehr wie früher jeden Tag nach Hause kam, was mir aber ganz recht war. Jetzt war also eine Neue da und was soll ich sagen: Herrchen hatte jetzt nur noch Augen für diese Frau, uns hat er erst mal links liegen lassen.

Ja, sie war ja ganz nett, streichelte aber immer den Hund, weil sie vor mir etwas Angst hatte, denn auch sie merkte schnell, dass ich kein Kater zum Kuscheln war. Trotzdem mochte ich sie.

Wir hatten sehr entspannte Abende am Kamin, wo es für mich von ihr auch immer was zum Naschen gab. Ich freute mich jedes Mal, wenn sie uns besuchte!

Die Neue hat Geburtstag

Mir ist aufgefallen, dass mein Herrchen ganz verrückt nach dieser Frau war. Daher hat es mich nicht gewundert, dass er zu ihrem Geburtstag etwas vorbereitete.

Ich schlich in Küche und Esszimmer hin und her, es wurde viel Papier ausgepackt. Je länger das Auspacken dauerte, desto mehr stieg mir ein Geruch in die Nase, der mich ganz verrückt machte: feinster Fisch! Was für ein Duft …

Herrchen bemerkte, dass meine Augen immer größer wurden, deswegen verbannte er mich nach draußen. So musste ich mitansehen, wie eine Fischplatte nach der anderen auf den Esstisch gestellt wurde. Ich konnte auch so schwarze kleine Kugeln auf Eis entdecken, die womöglich noch besser rochen, als alles andere. Es ließ mir keine Ruhe – ich musste da rein!

Herrchen öffnete eine Seitentür, um etwas frische Luft in den Raum zu lassen. Ich sah, wie er sich in den oberen Stock begab. Da war sie mal wieder, meine Chance! Ein Satz und schon saß ich inmitten der besten Köstlichkeiten, die sich ein Kater vorstellen kann. Ich wusste gar nicht, auf was ich mich zuerst stürzen sollte. Ich geriet in einen ausgewachsenen Fressrausch, verbiss mich in Lachs, Hummer, Schwertfisch … Leute, ein Wahnsinn. Aber es musste schnell gehen, denn Herrchen konnte jederzeit die Treppe runterkommen.

Und dann kam er. Er sah gut aus in seinem schwarzen Smoking, den er extra für die neue Frau angezogen hatte. Die Lackschuhe, die er noch in den Händen trug, flogen sofort in meine Richtung, als er mich inmitten seiner mit Liebe angerichteten Fischplatten schlemmen sah.

Ich wusste, dass er mir das wohl nur schwerlich verzeihen würde, und rannte wie der Blitz zum Katzentürchen, das in der Terrassentür eingebaut war. Ich wollte, immer noch ein Stück Lachs im Maul, schnellstmöglich durch diese Klappe verschwinden, doch blieb ich mit meinem prall gefüllten Bauch darin stecken. Herrchen trat nach mir – Auuu! –, aber beförderte mich dadurch nach draußen. Fauchend machte ich mich von Acker.

Aus einige Entfernung sah ich, dass Herrchen noch versuchte, einige der Köstlichkeiten zu retten, als seine Liebste das Haus betrat. Außer sich vor Wut erzählte er was ihr, passiert war, doch sie lachte nur und drückte ihn fest an sich.

Ich zog mich zufrieden zurück, mit der Gewissheit, mich die nächsten Tage bessern nicht blicken zu lassen. Es gab ja genug Katzen, denen ich in nächster Zeit das Futter streitig machen konnte, bevor etwas Gras über die Fischplattengeschichte gewachsen war.

Ein erneuter Umzug steht an

Die Jahre vergingen. In unserer Gegend hatte ich mir einen Namen gemacht, alles was vier Beine hatte, behandelte mich mit Respekt. Jedoch musste ich feststellen, dass ich nicht mehr der Jüngste war, aber immer noch stark genug, um alle andern in Schach zu halten.

Herrchen war mit seiner Liebsten viel unterwegs, Faro und ich konnten inzwischen ganz gut miteinander. Es gab zwar hin und wieder Streit, doch die blutigen Auseinandersetzungen aus der Kennenlernphase waren Vergangenheit. Also musste etwas Neues, Spannendes her!

Ich hörte Herrchen und Frauchen immer wieder reden, dass sie sich in den Süden zurückziehen wollten, ans Meer. Was sollte das denn schon wieder? Na ja, es sollte mir recht sein. Wo die waren, da gehörte auch ich hin, egal wo. Aber das war vielleichte eine Geschichte ... Ich sage euch, mir stehen heute noch die Haare zu Berge, wenn ich daran denke.

Eines Tages war es dann so weit: Herrchen hatte zwei Boxen geliefert bekommen, eine für den Hund und eine für mich. Da wollte ich natürlich nicht rein, das konnte nichts Gutes bedeuten, aber nach einer Weile hatte ich mich daran gewöhnt, es gab da drin ja sogar was zu fressen. Alle waren ganz aufgeregt, als endlich losging.

Bis dahin war ich nur mit dem Auto gefahren, das war schon schrecklich genug, aber jetzt nahmen wir ein Flugzeug! Ich hätte mir fast in die Hosen gemacht, wenn ich welche angehabt hätte. Ich zitterte am ganzen Leib, sogar meine Zähne klapperten, aber es half nichts: Herrchen verpasste mir eine Beruhigungsspritze.

Im Flugzeug angekommen, standen viele Kisten um mich rum, etwas von mir entfernt stand die Box von Faro, der ebenfalls betäubt worden war. Wir starteten. Ich hoffte inständig, dass alles gut gehen würde, dann fielen mir die Augen zu.

Ich spürte ein Rütteln und Schütteln und öffnete die Augen. Hinter meiner Box sah ich die von Faro, wir drehten uns auf einem schwarzen Band. Juhu! Ich hatte Herrchen entdeckt! Was für eine Freude, ich hatte es überlebt. Ich hatte mich vollgepinkelt vor Angst, aber egal. Nun waren wir auf einer Insel Namens Mallorca. *Viva Espana! Viva!*, sag ich nur.

Das neue Zuhause

Nachdem wir in unserem neuen Zuhause am Meer angekommen waren, legte ich mich todmüde aufs Ohr, aber es dauerte natürlich nicht lange, da machte sich die Neugierde bemerkbar: Wo war ich? Was gab es zu entdecken?

Aber zuerst plagte mich der Hunger. Frauchen hatte das schon richtig erkannt und mir etwas Leckeres zum Einzug gegeben.

Nach einer angemessenen Stärkung machte ich mich auf den Weg. Alles roch ganz anders, als in meiner alten Heimat. Angespannt und äußerst vorsichtig erkundete ich zuerst mal das Haus und die nähere Umgebung – waren Feinde in der Nähe? Katzen oder sogar Hunde?

Nach einiger Zeit übermannte mich wieder der Schlaf, das lag wohl am neuen Klima. Am hauseigenen Pool legte ich mich auf eine Liege und schon versank ich in einen tiefen Schlaf. Doch dieser sollte nicht von langer Dauer sein: Ein lautes Grollen weckte mich trotz der Müdigkeit, die ich immer noch verspürte. Ein roter Kater saß mir gegenüber am Poolrand! Was für eine Frechheit, sich in meinem neuen Zuhause am Pool breitzumachen! Na ja, der kannte mich noch nicht. Er meinte, er habe hier das Sagen, einer von der ganz schlauen Sorte. Also gut, ich spielte das Spiel mit. Mal schauen, wie weit er bereit war, zu gehen. Ich wechselte meine Position und bezog auf der anderen Seite des Pools Stellung. Mein Gott, machte der Rote ein Theater, hat sich mit lautem Geschrei und Gegrolle aufgeblasen, als ob ihm die Welt gehörte. Es wurde Zeit, das zu ändern, schließlich musste ich mein Zuhause verteidigen. Allerdings wusste ich nicht, wie ich das in einem anderen Land anstellen sollte – alles hier war neu für mich! Also machte ich es wie immer: voll drauf los! Ich startete einen Frontalangriff, mit dem er nicht rechnen konnte: Zuerst so tun, als würde ich klein beigeben, und dann aber hallo ... Als ich noch sah, dass mein Herrchen von der Terrasse zuschaute, war meine Kampfeslust erst recht geweckt. Der rote war allerdings nicht zu unterschätzen, ein Straßenkater halt, der hat mich einige Male ganz schön gebissen. Der Kampf dauerte einige Zeit und der Rote wollte sich einfach nicht geschlagen geben, was mich nur noch mehr in Rage versetzte. Ich wollte ihn ja eigentlich nur mit ein paar Ohrfeigen vertreiben und zeigen, dass ich jetzt hier der Chef war, aber der wollte es hart auf hart. Na ja, das konnte er haben. Es flogen die Fetzen und gegen mein starkes Gebiss konnte er schließlich nichts ausrichten. Ich hab ihn mehrmals am Hals und am Genick erwischt, blutend und jaulend verschwand er schließlich im Gebüsch. Das war ein Kampf, wie ich ihn noch nie erlebt hatte. Ich musste auch ganz schön tiefe Beißwunden in Kauf nehmen. Rund um das Pool lagen ganze Büschel von roten Haaren, was meinem Frauchen gar nicht gefallen hat. Herrchen hingegen war glücklich, dass sein Liebling den Schauplatz wieder mal als Sieger verlassen hatte.

Beim spanischen Tierarzt

Nach einiger Zeit ich hatte mich schon sehr gut in meiner neuen Heimat eingelebt und begab mich wieder mal auf einen mehrtägigen Ausflug. Es zog mich zu meiner neuen Leidenschaft, dem Meer. In den kleinen Buchten gab es viel zu erkunden, und es gab eine große Anzahl an mir unbekannten Kleintieren. Als ich so durchs hohe Gras streifte, hat sich ein dicker Grashalm in meinem Rachen verfangen. Stellt euch vor, der kam zur Nase wieder raus! Ich habe alles versucht, das Ding zu entfernen, es war jedoch zwecklos. Ich musste also nach Hause.

Dort angekommen, jammerte ich schon sehr, denn die Schmerzen wurden immer schlimmer. Herrchen versuchte mir, den Halm aus der Nase zu ziehen, doch der hatte Wiederhacken, es war also ohne Tierarzt nicht möglich, das Ding loszuwerden. – Ich hasse Tierärzte! Aber es musste sein.

Dort angekommen, kam mir ein kleiner alter Mann in einem weißen Kittel entgegen. Es war schon spät und er hatte schlechte Laune, denn wir hatten ihm seinen Feierabend versaut. Zwei nette junge Mädchen nahmen mich mit in den OP. Der Arzt wolle meinem Herrchen den Zutritt verweigern, aber Herrchen bestand darauf, bei diesem Eingriff dabei zu sein. Das gab mir ein gutes Gefühl.

Da waren sie wieder, die Spritzen, die mich ins Traumland beförderten. Ich hörte noch, wie Herrchen zum Tierarzt sagte, er solle mir bitte genug von dem Zeug geben, und schon wurde mir schummerig. Als der Arzt mit jedoch eine Maulsperre einsetzen wollte, war ich noch nicht ganz im Traumland und biss zu, erwischte den Daumen des Arztes. Laut schreiend befahl er den Mädchen, nach zu spritzen, aber da war ich dann doch schon bewusstlos.

Als Nächstes verspürte ich etwas Nasses im Gesicht. Als ich langsam die Augen öffnete, sah ich den riesigen Kopf von Faro, der mich liebevoll ableckte. Ich mag diesen Kerl zwar eigentlich nicht und gestunken hat es auch, doch diese Aktion fand ich sehr süß, wenn man bedenkt, was ich diesem Hund schon alles angetan hatte ...

Die nächsten Tage waren voller Harmonie in unserem Zuhause, das sollte aber nicht lange anhalten.

Meine Bekanntschaft mit den Schafen

Ich lag entspannt in meinem Körbchen, doch ein eigenartiges Geräusch ließ mich immer wieder aufhorchen: eine Art Glockengeläute. Was konnte das nur sein?

Meine Neugierde war so groß, dass ich der Sache auf den Grund gehen musste. Ich machte mich also auf den Weg in Richtung dieses Geräusches.

Es dauerte nicht lange, da sah ich sie: große weiße Tiere, die ganz komische Geräusche von sich gaben. Um den Hals trugen sie kleine Glocken. Jetzt wusste ich zwar, woher das Gebimmel kam, hatte aber keine Ahnung, was das für Viecher waren. Neugierig näherte ich mich einem Jungtier, es war nicht viel größer als ich. Als es mich erblickte, fing der Kleine an zu springen. Ich denke mal, dieser kleine Kerl hatte nichts Böses vor, er wollte mich sicher nur kennenlernen und mit mir spielen. Warum nicht? Wir rannten also hintereinander her

und es machte tierischen Spaß, daher vergaß ich alles rund um mich. Ich war so ab-
gelenkt, dass ich nicht bemerkte, wie sich
der Vater des Kleinen näherte, mit dem
war indes nicht zu spaßen! Er stellte sich
bedrohlich vor mir auf und bevor ich irgendetwas tun konnte, hatte ich auch
schon seinen Kopf in meinem Bauch.
Autsch, das hatte gesessen! Der war eine
Nummer zu groß für mich.

Mit schmerzverzerrtem Gesicht verließ ich
die Schafherde und werde auch in Zukunft
einen großen Boden um diese Tiere machen, obwohl mir die Rumtollerei eigentlich gefallen hat.

Zeit zu gehen

Die Jahre vergingen. Mit Faro hatte ich mich inzwischen angefreundet, er schmust jetzt sogar mit mir. Aber immer wachsam, denn er vertraut mir noch nicht ganz, na ja, ab und zu.

Die Kortisonspritzen von meinem Herrchen halfen zwar für den Moment, jedoch spürte ich meine 26 Jahre. Alles hatte nachgelassen und auch meine Lebenslust hielt sich in Grenzen. Ich wusste, mein Herrchen würde mich nicht leiden lassen, und spürte, dass es bald soweit sein würde.

Eines Tages lag ich wie immer am Pool in der Sonne, als ich merkte, das Blut aus meiner Nase lief. Gerade kamen Herrchen und Frauchen nach Hause, es war erst mal wie immer, Faro begrüßte mich. Etwas später merkte Herrchen, dass es mir nicht gut ging und als ich sah, dass sie weinten, wusste ich, der Tag war gekommen.

Normalerweise hielt ich nicht viel vom

Autofahren, doch heute war alles anders. Selbst Faro begleitete mich auf meinem letzten Weg!

Bei Tierarzt angekommen, wollte man mich noch großen Untersuchungen unterziehen, doch mein Herrchen hielt Wort. Er sagte, auch in schweren Zeiten müsse man seine Liebe zum Tier zeigen und es von den Schmerzen erlösen.

Ich wollte auch nicht mehr, hatte ich doch ein spannendes und erfülltes Leben. Aber als der Tierarzt kam und mir die Narkose geben wollte, konnte ich nicht anders: Ich biss ihm ein letztes Mal in den Finger. Ich hörte, noch wie Herrchen sagte: »Dieser alte Gauner.« Dann schlief ich ein.

Dann sah ich ihn, einen großen Regenbogen. Ach wie schön. Er kam immer näher und das Licht wurde immer heller ...

FSC
www.fsc.org
MIX
Papier | Fördert
gute Waldnutzung
FSC® C083411

Zeitfracht Medien GmbH
Ferdinand-Jühlke-Straße 7
99095 Erfurt, Deutschland
produktsicherheit@kolibri360.de